T0203472

Ana de Tejas Verdes

Sus deliciosas recetas

Laura Manzanera

Las historias de Ana y del resto de habitantes de Avonlea son ficticias, pero podrían ser perfectamente reales. Tanto los ingredientes como las recetas de Tejas Verdes que te proponemos a continuación se ciñen a un espacio y un tiempo concretos: la costa este de Canadá a finales del siglo XIX, donde y cuando las ambientó Lucy Maud Montgomery.

Las pruebes todas o sólo algunas, cuando leas o, mejor dicho, releas, los libros de nuevo saborearás más a fondo la lectura, con mucho más "condimento".

Disfruta de este libro, gracias al cual entenderás el contexto histórico, por qué los protagonistas comen lo que comen, por qué emplean determinados ingredientes y por qué los cocinan de cierta manera. Sin lugar a dudas, darás importancia a cosas que hasta ahora te parecían simples detalles.

La cocina también cuenta, y mucho, a la hora de explicar historias. Más aún si se trata de todas las aventuras que se suceden en la granja de Tejas Verdes. ¡Qué aprovechen: los platos y la lectura!

Los sabores
de Tejas Verdes

«En mi opinión lo importante es la comida, no la decoración y esas patrañas», le dice Marilla Cuthbert a Ana Shirley en la primera novela que cuenta sus aventuras. Y lo hace, precisamente, en un capítulo titulado «Un nuevo estilo de condimentar». ¡Y vaya si la comida es importante en la obra!

Han pasado más de cien años desde que Lucy Maud Montgomery presentó al mundo las historias de una niña huérfana que gracias a su carácter y su imaginación encandila a los vecinos de Avonlea, un pueblo ficticio en la muy real Isla del Príncipe Eduardo, al este de Canadá. La provincia más pequeña del país, la única totalmente insular, es conocida por sus iniciales PEI (Prince Edward Island) y también como "el Jardín del Golfo", pues se enclava en el golfo de San Lorenzo. Otro de sus sobrenombres es "la provincia jardín de Canadá", por los grandes terrenos cultivables y la costumbre de los isleños de contar con su propio huerto.

En la Isla del Príncipe, la agricultura y la pesca eran, y siguen siendo, actividades esenciales. En granjas como Tejas Verdes, los sembrados y el ganado eran el sustento de las familias. Y solían ser las mujeres las que se encargaban de sembrar frutos y cosechar, de cuidar a los animales y de preparar los alimentos, del día a día y de las ocasiones especiales. Ellas, como Marilla, reinaban en la cocina.

Entre la cocina y la mesa del comedor se desarrollan muchas escenas de Avonlea. Los protagonistas comparten una conversación entre plato y plato, se hacen confesiones delante de una taza de té caliente, reciben a algún invitado con alguna receta especial o, simplemente, celebran algo. De hecho, en Tejas Verdes todo lo que recuerda mínimamente a una celebración pasa por los fogones. Cualquier ocasión merece un plato suculento, mejor dicho, más de uno. El dominio culinario de Marilla y el entusiasmo de Ana, que pese a su voluntad no siempre triunfa en sus recetas, forman un tándem perfecto.

En la Isla del Príncipe en general, y en Avonlea en particular, abundan las patatas, las manzanas y las bayas silvestres, tan variadas como apreciadas. Se crían gallinas ponedoras cuyos huevos son de lo más versátiles, pollos y cerdos con los que elaborar platos muy diversos. Y, desde luego, no falta el jarabe de arce, el endulzante natural por excelencia y una institución en Canadá. Está presente en más de una de las recetas que te presentamos, y no sólo en los postres.

En estas páginas encontrarás sabrosos primeros platos, segundos, postres y bebidas. Una ensalada de lechuga puede parecer sosa, pero si se adereza con una salsa de nombre tan sugerente como Mil Islas, la cosa cambia. Te explicamos cómo prepararla. Y cómo hacer uno de los guisos canadienses más populares: la sopa de guisantes, con

la receta original de la Isla del Príncipe. También el secreto para hacer costillas de cerdo crujientes con jarabe de arce y pollos al horno, uno de los platos preferidos de Ana.

Te revelamos, asimismo, el secreto de los sándwiches de huevo que ella y sus amigas toman cuando van de pícnic, tan sencillos como exquisitos. Porque hasta un emparedado puede expresar, por sí solo, lo que significa pasar un bonito día de campo.

Encontrarás, por último, unos cuantos postres: tartas, tartaletas de frambuesa, bombones de tofe... Porque en Tejas Verdes, como buenos canadienses, los adoran. Y también bebidas, empezando, como no podía ser de otro modo, por el omnipresente té acompañado de unas galletas de mantequilla.

Además de explicarte las recetas, paso a paso y de forma fácil, te hablamos de su origen, de su contexto histórico y de los ingredientes. Y te contamos un montón de anécdotas curiosas. Este libro es un homenaje a las historias Lucy Maud Montgomery que pasan, sí o sí, por la cocina.

Ensalada de patata con salmón

«—Está muy bien, gracias. Supongo que el señor Cuthbert estará hoy cargando patatas en el Lily Sands, ¿no? —dijo Diana, que esa mañana había ido con Matthew en el carro a casa del señor Harmon Andrews.

—Sí. Este año hemos tenido una cosecha de patatas muy buena. Espero que la cosecha de tu padre también lo sea.

—Ha salido muy bien, gracias.»

ANA DE TEJAS VERDES

Raciones
- 4 personas

Ingredientes
- 4 patatas medianas cocidas
- 170 g de salmón
- Aceite y vinagre mezclados (125 ml)
- 1 cebolla
- 50 g de apio
- 50 g de pimientos verdes y rojos
- Sal
- Pimienta
- Unas cuantas hojas de lechuga y rodajas de tomate y pepino para la guarnición

Parece que las patatas de Avonlea han salido buenas, así que resultarán excelentes para preparar esta ensalada con salmón.

Preparación

- Pelar las patatas, cortarlas en trozos pequeños y verter sobre ellas 50 ml del aliño de aceite y vinagre. A continuación, mezclarlas, guardarlas en la nevera y dejarlas marinar durante unas cuantas horas.
- Cocinar el salmón en una sartén, a fuego lento. No dejar que se haga mucho, para que no se reseque.
- Cuando esté frío, desmenuzarlo y añadirlo junto con el resto del aliño de aceite y vinagre, la cebolla, el apio y los pimientos, todo previamente picado. Removerlo suavemente y salpimentar.
- Colocar la ensalada en una fuente grande, junto con las hojas de lechuga y los trozos de tomate y pepino.

Patatas de museo

La Isla del Príncipe Eduardo es famosa por sus patatas. Se cultivan más de cien variedades distintas y cuentan con un museo propio: The Canadian Potato Museum.

A los lugareños les encanta tomar las patatas nuevas, pequeñas y redondas, hervidas con la piel, trituradas y servidas con abundante mantequilla, sal y pimienta.

Visto lo visto, resulta lógico que estos tubérculos estén presentes en infinidad de platos. Incluso se emplean para elaborar vodka de arándanos silvestres. Y es que la parte atlántica de Canadá es una de las principales regiones productoras (y consumidoras) de estas pequeñas bayas que, según los nutricionistas, aportan grandes beneficios para la salud.

"Poutiné": patatas fritas a la canadiense

Aunque nació en Quebec, hoy está por todo Canadá, y aunque empezó como *fast food* y sigue presente en todos los establecimientos de comida rápida, se ha convertido en un fenómeno gastronómico. ¿Quién sabe si, de haberla conocido, Ana se habría aficionado a la *poutiné*? No es la receta más sana del mundo, más bien es una "bomba calórica", pero es de lo más popular y, lo más importante, está buenísima.

Se cuenta que la *poutiné* nació en las granjas quebequenses, que aprovechaba así el queso que les sobraba. Otra versión sitúa su origen en 1957 en el restaurante de Fernand Lachance, que la habría preparado para complacer a un cliente.

La preparación es simple

Patatas fritas con queso en grano, una especialidad regional hecha de partes sólidas de la leche cuajada, y regadas con salsa *gravy*, una salsa de carne.

Salmón del Atlántico: el rey de la mesa

En la Isla del Príncipe, y en todo Canadá, se consume mucho pescado. Es uno de los países donde más se pesca, se comercializa y se exporta el salmón: fresco, ahumado, asado, marinado, deshidratado...

El salmón del Atlántico (*Salmo salar*) es bien conocido por sus propiedades alimenticias. Por su alto contenido en proteína y ácidos grasos omega-3, es considerado uno de los pescados más nutritivos y saludables.

Este viajero incansable es un pez anádromo, es decir, que vive en el mar, donde pasa gran parte de su vida, pero remonta los ríos para reproducirse. Verlo saltar las cascadas exhibiendo destellos plateados al sol es un verdadero espectáculo.

Aunque la lista de recetas con salmón es kilométrica, la elaborada al más puro estilo canadiense es, probablemente, el salmón glaseado con jarabe de arce y soja.

Ensalada de lechuga con salsa Mil Islas

«—Ay, Ana, ¿me dejas que te ayude a preparar la comida? —le suplicó Diana—. Sabes que la ensalada de lechuga me queda espléndida.
—Claro que sí —dijo Ana con generosidad.»

ANA DE AVONLEA

Raciones
- 4 personas

Ingredientes
- 1/2 lechuga iceberg
- 1/2 lechuga larga
- 2 tallos de apio
- 12 hojas grandes de espinacas
- 1 pimiento verde mediano
- 1/2 pepino
- 2 tomates pequeños
- 125 g de champiñones

No es la única ensalada que aparece en las historias de Ana. También se menciona la ensalada de pollo, pero la de lechuga, como dice la protagonista, sirve para «tomar algo de verdura». La clave de este plato está en la salsa, que tiene un sugerente nombre. Se trata de una receta fácil, refrescante y nutritiva.

Preparación
- Lavar las hojas de las lechugas y de las espinacas con agua fría.
- Cortar los tallos de las hojas de espinaca.
- Cortar los tallos del apio, el pimiento, el pepino y los tomates en trozos y ponerlos en un cuenco. Cortar los champiñones a láminas y añadirlas al resto de ingredientes.
- Secar las hojas de las lechugas, cortarlas y agregarlas al cuenco. Mezclarlo.
- Secar las hojas de espinaca y colocarlas en la fuente en la que se vaya a servir la ensalada de forma que sobresalgan un poco por los bordes.
- Colocar la ensalada sobre las hojas de espinaca, aliñar y servir.

Salsa Mil Islas

Ingredientes

- 1 huevo duro
- 2 cucharadas de salsa de tomate
- 1 cucharada de pimiento verde picado fino
- 1 cucharada de cebolla picada fina
- 100 g de mayonesa
- 125 ml de leche
- Una pizca de pimienta negra

Preparación

- Desmenuzar el huevo duro en un bol pequeño.
- Añadir el resto de ingredientes y remover hasta obtener una textura homogénea.

La lechuga que llegó con el frío

La iceberg es probablemente la más sosa de cuantas lechugas existen, y eso que hay unas cuantas. Pero, aun así, es una de las más famosas y se emplea para acompañar un montón de platos diferentes.

Para empezar, es la que más se consume en Norteamérica, lugar donde nació, concretamente en la costa este, justo donde se sitúa la Isla del Príncipe, en el océano Atlántico. Puesto que en su momento, antes de que proliferaran los vehículos frigoríficos, las iceberg también debían venderse en la Costa Oeste, alejada muchos kilómetros, para que llegaran allí en buenas condiciones se transportaban cubiertas de cubitos de hielo. De ahí procede su nombre.

Islas y más islas

Con un litoral de doscientos mil kilómetros de longitud, Canadá tiene islas para todos los gustos. La Isla del Príncipe, donde vive Ana, es sólo una de las aproximadamente treinta mil que como mínimo acoge el país.

Las llamadas Mil Islas (The Thousand Island) son en realidad un archipiélago formado por cerca de mil novecientas ínsulas, de las que algunas pertenecen a Canadá y otras a Estados Unidos. Se extienden a lo largo de ochenta kilómetros en la desembocadura del río San Lorenzo, en un extremo del lago Ontario.

Una salsa con mucha historia

En las Mil Islas se inventó a principios del siglo XX, supuestamente, la célebre salsa del mismo nombre, cien por cien *made in North America*. Se ha utilizado, y se utiliza, para acompañar pescados y mariscos, pero también para aderezar una gran variedad de ensaladas y para untar el pan de algunos sándwiches.

Aunque hoy en día es una salsa de lo más popular, nació como una receta de lujo para quienes podían permitirse comidas "veraniegas" durante todo el año. Empezó siendo elitista, pero en la década de 1970 pasó a producirse en masa.

En la actualidad se encuentra también en las barras de los restaurantes de comida rápida.

La receta original de la salsa Mil Islas ha variado con el tiempo y ha derivado en un sinfín de versiones. Incluso la conocida cadena McDonald's cuenta con su propia receta y la usa, entre otros platos, para sus hamburguesas y sus *nuggets* de pollo.

¡No la confundas con la salsa rosa!

Si bien se parecen, no te dejes engañar. No hay que confundir la salsa Mil Islas con la salsa rosa o salsa de cóctel. Para empezar, la Mil Islas no lleva alcohol, como sí lleva su "prima hermana", a la que se suele añadir un poco de *brandy* o *whisky*. Eso sí, incorpora un toque picante que siempre es conveniente ajustar al gusto de los comensales.

Sopa de guisantes

«Mientras Dora pelaba los guisantes llena de orgullo y Davy hacía barcos con las vainas, fabricando las velas con cerillas y trozos de papel, Ana le habló a Marilla de las maravillosas noticias de su carta.»

ANA DE AVONLEA

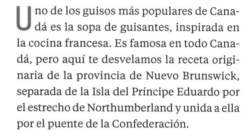

Raciones
- 10-12 personas

Ingredientes
- 500 g de guisantes secos*
- 150 g de carne de cerdo salada
- 25 g de panceta
- 50 g de cebolla picada
- 50 g de zanahoria en dados
- 50 g de apio en dados
- 1 ramillete de perejil picado
- 1 *bouquet garni*
- 1 hoja de laurel
- Sal y pimienta

*Existen numerosas variedades de guisantes secos, para esta receta puedes utilizar el verde o el amarillo.

Uno de los guisos más populares de Canadá es la sopa de guisantes, inspirada en la cocina francesa. Es famosa en todo Canadá, pero aquí te desvelamos la receta originaria de la provincia de Nuevo Brunswick, separada de la Isla del Príncipe Eduardo por el estrecho de Northumberland y unida a ella por el puente de la Confederación.

Preparación
- Poner los guisantes en agua fría el día anterior y dejarlos durante toda la noche para que se ablanden.
- Colocar la carne de cerdo salada en una cazuela y cubrirla con agua fría. Llevarla a ebullición y escurrir a continuación todo el líquido.
- Cortar la carne en dados y saltearla con la panceta.
- Añadir la zanahoria, el apio, la cebolla y los guisantes, el *bouquet garni*, el perejil, la hoja de laurel, la sal y la pimienta. Cubrir todo con agua fría, llevarlo a ebullición y dejarlo hervir a fuego lento durante unas dos horas.
- Servir caliente.

En la variedad está el gusto

La sopa de guisantes es uno de los platos destacados de la cocina francocanadiense. La sencillez de sus ingredientes ha facilitado que existan diferentes variedades a lo largo y ancho del país. Aunque los ingredientes más utilizados en su elaboración son la carne de cerdo y las hierbas aromáticas, algunas recetas emplean otros ingredientes. Así, la sopa de guisantes de Terranova incorpora otras verduras como el nabo y con frecuencia pequeñas albóndigas. Y en algunas zonas se incluyen *dumplings,*

Hoy, el país de Ana de Tejas Verdes es el primer productor del mundo de guisantes.

¡Legumbres, no verduras!

Por mucho que algunos se empeñen, los guisantes no son una verdura, sino legumbres; pertenecen a la familia botánica de las leguminosas. Hasta el siglo XVI se comían sólo secos, y también se usaban como pienso para los caballos.

El monje y biólogo Gregor Mendel los hizo famosos en el siglo XIX por motivos que nada tienen que ver con los fogones. Escogió esa planta para sus experimentos por sus muchas variedades y porque su reproducción era fácil y rápida. Observar el desarrollo de las vainas le permitió establecer las bases de la genética moderna.

El travieso Davy y los guisantes

Dora y Davy son los hijos mellizos de una prima lejana de Marilla, quien los adopta tras la muerte de su madre. Dora es una niña educada y correcta, lo que no puede decirse del tra-

vieso Davy, que no deja de meterse en líos. Ana está siempre muy pendiente de él.

Después de fabricar barcos con las vainas, le advierte que no las deje en las escaleras, pues alguien podría resbalar, que no las meta en las grietas del suelo y que no las haga navegar en el cubo del agua, sino que salga fuera, al abrevadero.

Así lo reconoce él mismo: «Seré bueno, ya lo verás. Pensaba ir a casa del señor Harrison a dispararle guisantes a Ginger con mi pistola nueva, pero ya iré otro día».

La imaginación de Davy va más allá y se le pasa por la cabeza usar los guisantes como balas.

¡Que no falten las hierbas!

El *bouquet garni* o ramillete de hierbas propio de la cocina francesa y, como tal, también de la canadiense de ascendencia gala, aporta aroma y sabor a muchos platos, en especial sopas, cremas, carnes, aves y estofados.

Es una combinación de plantas aromáticas que se ata para que no deje rastro tras la cocción. Suele llevar laurel, tomillo y perejil, pero puede hacerse a gusto de cada cual e incluir romero, orégano, estragón, cilantro, salvia, albahaca, eneldo, perifollo…. Incluso hay quien añade verduras.

Sándwiches de huevo

«Cuando les entró hambre comieron en el sitio más bonito de todos: una ladera empinada, a la orilla de un bullicioso arroyo, donde los abedules blancos se erguían entre largos penachos de hierba. Las chicas se sentaron a sus pies e hicieron los honores a las delicias que había preparado Ana, y hasta los nada poéticos bocadillos se recibieron con ganas y apetito después del ejercicio al aire libre.»

ANA DE AVONLEA

Raciones
- Para 8 sándwiches

Ingredientes
- 4 huevos
- 1 tallo de apio picado
- 3 cucharadas de mayonesa
- Una pizca de sal
- Una pizca de pimienta
- 50 g de mantequilla blanda
- Perejil picado
- 8 rebanadas de pan de molde

Tal vez los bocadillos que toman Ana y sus amigas en el campo no sean poéticos, pero resultan sabrosos e ideales para un estupendo día de pícnic como el que están disfrutando. Aunque podríamos llamarlos tanto bocadillos como sándwiches, nos decantamos por este último término porque están hechos con pan de molde.

Las chicas se los comen después de dar un buen paseo por bosques y campos. Y, aunque Ana había llevado limonada para acompañarlos, prefirió beber agua fresca del arroyo. De cualquier manera, los bocadillos le saben a gloria.

Preparación

- Poner los huevos en un cazo y añadir agua fría hasta que los cubra por completo. Dejar que hierva y apagar el fuego.
- Retirar el cazo del fuego y dejarlo tapado de veinte a treinta minutos. A continuación, destaparlo y ponerlo bajo el grifo hasta que los huevos se enfríen del todo.
- Pelar los huevos y deshacerlos en un bol con un tenedor.
- Añadir el apio picado, la mayonesa, la sal y la pimienta, mezclar todo bien y guardar el bol en la nevera.
- Mezclar en otro bol pequeño la mantequilla blanda con las hojas de perejil.
- Untar la mantequilla sobre las rebanadas de pan y extender la ensalada de huevo por encima.
- Cortar los bocadillos por la mitad, de forma que queden dos triángulos.

Al pan pan, pero de molde...

El primer pan de molde cortado en rebanadas se vendió en 1928 en una panadería de Chillicothe, Missouri, y revolucionó la forma de comer pan y, de paso, evitaría millones de desafortunados cortes de cuchillo en los dedos.

Otto Frederick Rohwedder fue el inventor de la máquina de cortar pan y de que éste se envolviese. Su idea caló muy hondo y causaría una revolución, literalmente.

En la Segunda Guerra Mundial, cuando el Gobierno estadounidense prohibió el pan de molde para ahorrar las toneladas de acero que se usaban para fabricar las máquinas rebanadoras, se desató una oleada de protestas. Alcanzaron tal nivel que la prohibición se levantó a los dos meses. Así tituló la noticia *The New York Times*: «Rebanadas de pan puesto de nuevo a la venta. Los pulgares de las amas de casa vuelven a estar a salvo».

Lord Sándwich versus bocadillo

El inglés John Montagu (1718-1772), primer Lord del Almirantazgo, Secretario de Estado y un montón de cosas más, también pasó a la historia por ceder su nombre al emparedado.

Mientras jugaba al póquer, al cuarto conde de Sandwich le entró hambre y, para no abandonar la partida, pidió a su criado que pusiese algo de carne entre dos rebanadas de pan.

Pero, ¿es lo mismo sándwich que bocadillo? No exactamente. Mientras el sándwich suele prepararse con pan de molde (o pan inglés), el bocadillo se popularizó gracias a la *baguette* parisina. Y, según algunos, mientras el bocadillo sacia el hambre, un instinto primario, el sándwich, con más pedigrí, sacia sólo el apetito.

Los bocadillos preferidos de los canadienses

Entre los bocadillos típicos de Canadá está el clásico sándwich de carne ahumada, el *Smoked Meat Sandwich*, originario de Montreal. Se prepara con pan de centeno y se sirve con mucha carne y mucha mostaza. Es sin duda uno de los platos tradicionales del país, parecido al pastrami neoyorquino.

Pan de ruibarbo

El ruibarbo forma parte de multitud de platos canadienses. Su sabor es algo agrio, por lo que suele combinarse con azúcar. Si quieres utilizar menos azúcar en tu receta, el ruibarbo rojo de Canadá es la solución, pues sus tallos de color rojo brillante tienen ya un alto contenido.

El ruibarbo se usa sobre todo en pasteles, mermeladas y confituras y con él también se hace un delicioso pan.

Advertencia importante: los tallos pueden ingerirse sin problema, pero las hojas no son aptas para el consumo, pues contienen ácido oxálico, una sustancia potencialmente venenosa.

Costillas de cerdo crujientes con jarabe de arce

«—Baja a cenar, Ana.

—No quiero cenar, Marilla —contestó Ana entre sollozos—. No puedo comer nada. Tengo el corazón destrozado. Espero que algún día le remuerda la conciencia por rompérmelo, Marilla, pero la perdono. Cuando llegue ese día, recuerde que la perdono. Pero, por favor, no me pida que coma, sobre todo cerdo hervido con verduras. El cerdo hervido con verduras es muy poco romántico cuando una está sufriendo.»

ANA DE TEJAS VERDES

Raciones
- 4 personas

Ingredientes
- 1,5 kg de costillas magras de cerdo
- 175 ml de jarabe de arce
- 15 ml de salsa de guindilla
- 15 ml de salsa Worcester (o Perrins)
- 15 ml de vinagre de vino
- 1 cebolla pequeña picada
- 1 cucharadita y media de mostaza canadiense seca
- Sal y pimienta al gusto

¿Quién querría comer cerdo hervido con verduras, un plato tan "poco romántico", cuando la cocina canadiense prepara con la carne de este animal recetas tan suculentas como ésta?

Podemos asegurar que se trata de un plato 100% canadiense, como indica, sin ir más lejos, la presencia del sirope de arce.

Preparación
- Asar las costillas en la rejilla del horno, previamente precalentado a 200°C, durante aproximadamente media hora.
- Colocar el resto de los ingredientes en una cacerola y dejarlos hervir unos cinco minutos.
- Bajar la temperatura del horno a 180°C, retirar las costillas de la rejilla y bañarlas con la salsa procurando que se impregnen bien.
- Colocar las costillas en una fuente y asarlas durante otros cuarenta y cinco minutos, sin taparlas y untándolas con la salsa.

- Servir las costillas calientes junto con algún acompañamiento. Dos buenas opciones son verduras salteadas o una ensalada.

Alternativas al glaseado

Si no dispones de jarabe de arce, puedes sustituirlo por jarabe de algún cereal o de frutas, incluso de miel. Eso sí, deja esta opción como último recurso, porque tanto la textura como el aroma y la densidad del sirope de arce son únicos.

¡Arce hasta en la bandera!

Uno de los ingredientes omnipresentes en la cocina canadiense es el jarabe de arce, toda una institución en el país. Basta con fijarse en su bandera rojiblanca presidida por una hoja de dicho árbol.

El sirope de arce endulza crepes, tortas y gofres y se emplea en un montón de platos de pescado y de carne, incluidos los elaborados a base cerdo, entre otros, las chuletas con cebollas caramelizadas.

También se utiliza para endulzar una simple y refrescante limonada como la que lleva Ana para el pícnic con Diana, Priscilla y Jane. La bebida era tentadora, pero en un día de campo tan bonito y en medio de un paisaje tan bucólico, Ana prefiere «beber el agua fría del arroyo en un cuenco improvisado con una corteza de abedul».

Si quieres preparar una limonada como las de Avonlea, basta con que mezcles una taza y media de zumo de limón fresco con seis tazas de agua fría y una de sirope de arce.

Además de rico, este endulzante natural tiene grandes propiedades para la salud. Ana debe de saberlo, porque en otra escena de Ana de Avonlea, sirve al pequeño Davy dos cucharadas para que se tranquilice.

Cuando los árboles lloran

Los europeos tardaron tiempo en descubrir el sirope de arce. Mucho antes de que pisasen Norteamérica, los indígenas ya cortaban la corteza de estos árboles para que "llorasen" el apreciado néctar, la savia con la que cocinaban sus piezas de caza.

Fue en 1702, durante una de las guerras que enfrentaron a Francia y Gran Bretaña por el control de las nuevas tierras del norte, cuando los occidentales lo descubrieron. El conflicto impedía transportar a los nuevos territorios conquistados de Nueva Francia muchos productos básicos, entre ellos, el azúcar. Entonces se inició la producción de sirope de arce.

Hoy, Canadá es el mayor productor mundial, como prueban los más de diez mil productores que existen. La mayoría de ellos está en Quebec, pero también los hay en otras provincias, entre ellas, Nuevo Brunswick, junto a la isla donde está Avonlea.

El color importa

Los distintos siropes de arce presentan distintas tonalidades de marrón, según cuándo se haya extraído la savia del árbol, y corresponden a distintas calidades. El de color ámbar claro, de categoría A, es el más dulce porque contiene más glucosa. El de categoría B, más oscuro, es de calidad intermedia, mientras que el C se considera por muchos el mejor por su alto contenido en minerales.

Pollo al horno con salsa

«Luego, mientras ella se encerraba en la despensa a componer la ensalada de lechuga, Ana, que ya empezaba a tener las mejillas encendidas, tanto por la ilusión como por el calor del fuego, preparó la salsa de los pollos, cortó las cebollas para la sopa y, por último, batió la nata para las tartas de limón.»

ANA DE AVONLEA

Raciones
- 4 personas

Ingredientes
- 1 pollo troceado
- 1 cebolla picada fina
- 1 diente de ajo
- 1 cucharada de mantequilla
- 50 g de kétchup
- 50 g de vinagre blanco
- 2 cucharadas de zumo de limón
- 1 cucharada de salsa Worcester (o Perrins)
- 2 cucharadas de azúcar moreno
- Una pizca de sal

En Tejas Verdes, el horno nunca descansa. Se usa para cocinar un sinfín de recetas, entre las que no faltan los pollos. Se trata de una granja, así que estos animales se crían allí mismo y tienen todos los puntos para acabar en algún plato. A Ana le encantan, especialmente asados.

Preparación
- Precalentar el horno a 200°C.
- Eliminar las partes más grasientas de los trozos de pollo, distribuirlos en una fuente y cocinarlos en el horno durante cuarenta minutos.
- Mientras se hornea el pollo, fundir la mantequilla en un cazo, añadir la cebolla y el ajo y cocerlo a fuego bajo unos cinco minutos, hasta que la cebolla quede transparente.
- Mientras se remueve el contenido del cazo, verter el vinagre, el zumo de limón y el kétchup, la salsa Worcester, el azúcar moreno y la sal. Mezclar todo bien y, cuando hierva, dejarlo a fuego lento unos diez minutos y retirarlo.

- Sacar la fuente del horno, regar el pollo con la mitad de la salsa y volver a hornearlo unos diez minutos más.
- Sacar de nuevo la fuente del horno y dar la vuelta a los trozos de pollo, bañarlos con el resto de la salsa y hornearlos otros diez minutos.
- Servir mientras está aún caliente con la guarnición preferida.

Mascotas sacrificadas

Para la visita de la famosa señora Morgan, Ana decide preparar un par de pollos al horno y elige dos pollos blancos que tiene de mascota desde que eran, según sus propias palabras, «como bolitas de algodón amarillo». Pese al mucho cariño que siente por ellos, reconoce que en un momento u otro había que sacrificarlos y ese le parece bastante adecuado. Eso sí, se niega a matarlos ella, de modo que el pequeño Davy corre a presentarse voluntario para darles un hachazo porque «es divertidísimo verlos corretear por ahí cuando ya les han cortado la cabeza».

Pollo con gelatina

La visita del pastor y de su mujer a Tejas Verdes para tomar el té merece sin duda la preparación de viandas especiales, a la altura de la ocasión. Por esa razón, Marilla se esmera en la cocina y Ana, entusiasmada, le explica a Diana que llevan dos días con los preparativos y le describe lo que ya tienen en la despensa, "todo un espectáculo", como asegura.

Pollos blancos canadienses

Con bastante probabilidad, no es casualidad que los pollos que cocina Ana sean blancos. También son blancos los de la raza *Chantecler*, la primera que se desarrolló en Canadá, a inicios del siglo xx. Y Lucy Maud Montgomery ambientó las historias de Ana a finales de la centuria anterior.

Dicha raza la creó un monje de Oka, en Quebec, y sus ejemplares eran muy apreciados por su gran resistencia al frío y porque podían usarse para la producción de huevos y de carne durante el invierno.

Según apunta, tomarán tarta de limón y tarta de cereza, tres tipos de galleta, bizcocho de fruta, las célebres ciruelas en almíbar de Marilla, galletas y pan. Y también lengua fría y pollo con gelatina, puesto que tienen dos tipos de gelatina, roja y amarilla.

La gelatina es un gran espesante que proporciona al pollo un sabor único. Si quieres comprobarlo necesitarás una olla grande y los siguientes ingredientes: un pollo entero, 1 l de caldo de pollo, dos sobres de gelatina sin sabor, una cebolla, un par de zanahorias, dos tallos de apio, laurel, sal y pimienta. Una vez preparado, deberá estar al menos cuatro horas en la nevera, hasta que la gelatina esté bien firme.

Ana no menciona, sin embargo, la gelatina de hocico de alce, un animal prolífico en Canadá. Difícilmente la encontrarás en algún restaurante, pero quienes la consumen la consideran un manjar.

¡Gelatina de hocico de alce!

Se prepara cocinando, a fuego lento, el hocico del alce junto con otras partes de la cabeza, como orejas y labios.

A este preparado se le añaden diversas especias, se deja enfriar, se le agrega caldo y se guarda en el frigorífico hasta que se vuelve una gelatina.

Pudin de ciruelas
con salsa de caramelo

«…y se me olvidó por completo tapar la salsa del pudin. Me acordé a la mañana siguiente y fui corriendo a la despensa. Imagínate mi horror, Diana, al en-
contrarme ¡un ratón ahogado en la salsa! Lo saqué con una cuchara, lo tiré en
el patio y luego cambié tres veces el agua para lavar la cuchara.»

ANA DE TEJAS VERDES

Raciones
- 4-6 porciones

Ingredientes
- 125 g de azúcar
- 160 g de harina
- 100 g de miga de pan
- 1/2 cucharadilla de
  levadura
- 1/2 cucharadilla de sal
- 1/2 cucharadilla de
  canela en polvo
- 1/2 cucharadilla
  de nuez moscada
- 150 g de mantequilla
- 75 g de pasas
- 50 g de ciruelas pasas
- 50 g de nueces picadas
- 125 ml de leche
- 50 ml de melaza
- 1 huevo

Ésta es una receta de premio. No sólo se trata de uno de los platos estrella de Marilla
Cuthbert, sino que con él gana los concursos
culinarios en la feria anual de Avonlea, des-
pertando la envidia del resto de concursan-
tes. En una ocasión, Marillla prepara una
versión "alternativa" sin saberlo. Pero aquí te
explicamos la original, sin el inesperado "ingrediente secreto".

Preparación
- Untar un molde con mantequilla y espolvo-
  rearlo con azúcar.
- Picar pasas y ciruelas. Rociarlas con harina
  y reservarlas.
- Mezclar la harina, el azúcar, la levadura,
  la canela, las nueces, las migas de pan y la
  sal en un cuenco. Añadir la mantequilla y
  mezclar hasta que las migas de pan se hayan
  deshecho.
- Añadir pasas, ciruelas y nueces. Mezclar.
- Calentar la leche en una cacerola, a fuego
  lento, hasta que se formen pequeñas burbu-
  jas en los bordes del recipiente.

- Añadir el huevo a la mezcla de harina y fruta y volver a mezclar. Agregar la leche caliente y la melaza y remover.
- Verter la mezcla en el molde y cubrirlo con papel de aluminio. Poner el molde en una cacerola o recipiente más grande en el que se han añadido 3 cm de agua caliente (al baño María).
- Calentar a fuego vivo y, en cuanto hierva, bajarlo y tapar.
- Cocinar durante unas tres horas e ir añadiendo agua caliente cuando sea necesario.
- Pinchar de vez en cuando con un palillo. Cuando salga limpio, el pudin estará listo.
- Dejar enfriar, desmoldar y servirlo con salsa de caramelo por encima.

Salsa de caramelo

Ingredientes

- 125 g de azúcar
- 1/2 cucharadilla de vainilla
- 1 cucharada de harina
- Una pizca de sal
- 1 cucharada de mantequilla
- 250 ml de agua

Preparación

- Hervir el agua.
- Mezclar el azúcar, la harina y la sal en una cacerola e ir añadiendo poco a poco el agua hirviendo sin dejar en ningún momento de remover.
- Continuar removiendo, a fuego medio, hasta que esté cremoso.
- Retirar del fuego y añadir la mantequilla y la vainilla. Dejar que la mantequilla se derrita por completo.

Ciruelas:
un regalo de bienvenida

Aunque tenga fama de ser muy frío, no todo Canadá lo es tanto. En las estaciones más cálidas del año, algunas zonas del país se transforman en jardines rebosantes de frutas: manzanas, peras, moras, cerezas, arándanos, uvas, frambuesas, fresas y ciruelas, entre otras.

Además de su valor como árbol frutal, Prunus nigra *también es apreciado como árbol ornamental. Durante la primavera, el árbol se cubre de flores blancas y rosadas, creando un precioso espectáculo.*

La ciruela canadiense (*Prunus nigra*) es especialmente abundante en Nueva Escocia y Nueva Brunswick, dos de las provincias orientales que colindan, precisamente, con la Isla del Príncipe Eduardo.

Algo ácidas, muy jugosas y un poco pegajosas, las ciruelas canadienses pueden comerse perfectamente crudas siempre que estén bien maduras. De todos modos, con ellas suelen prepararse deliciosas conservas, jaleas y mermeladas. Y también secas forman parte importante de numerosas recetas.

Antes de que en los siglos XVII y XVIII ingleses y franceses colonizasen el actual Canadá, las ciruelas silvestres eran uno de los alimentos más populares entre los pueblos autóctonos. Las conservaban secas para poder comerlas a lo largo de todo el invierno, cuando los alimentos escaseaban especialmente. El explorador Jacques Cartier, que en 1534 inició la primera de tres expediciones en el territorio que durante un tiempo se llamaría Nueva Francia, escribió en su diario que los iroqueses de San Lorenzo le obsequiaron con ciruelas secas.

Bayas de Saskatoon y pudin de arce con salsa de vino de hielo

«Pero los bosques son seductores y las bayas de resina amarillas, muy apetecibles…»

ANA DE TEJAS VERDES

Raciones
- 4-6 porciones

Ingredientes
- 100 g de harina
- 50 g de pan rallado
- 25 g de germen de trigo
- Una pizca de sal
- 1 cucharada de levadura
- 100 g de azúcar de arce
- 2 huevos
- 175 g de mantequilla blanda sin sal
- 150 ml de leche
- Ralladura de limón
- 1/2 cucharadita de vainilla
- 200 ml de mermelada de bayas de Saskatoon (o de arándanos o moras)
- Bayas de Saskatoon
- 1 cucharada de vino de hielo canadiense

Arándanos, frambuesas, bayas de Saskatoon… En la Isla del Príncipe abundan las bayas silvestres comestibles, empleadas en la dieta mucho antes de que los europeos empezasen a cultivarlas. Esta receta, buen ejemplo de sus muchas posibilidades en la cocina, presenta otros dos ingredientes genuinamente canadienses: el azúcar de arce y el vino de hielo.

Preparación
- Calentar el horno a 180º C y untar una fuente con mantequilla.
- Mezclar en un bol la harina, el pan rallado, el germen de trigo, la sal, el azúcar de arce y la levadura. Reservar.
- Batir, en otro bol, los huevos hasta que estén espumosos, fundir 75 g de mantequilla y añadirla a la mezcla junto con la leche, la ralladura de limón y la vainilla.
- Mezclar el contenido de los dos boles hasta formar una masa. Añadir la mermelada, verter la masa en la fuente para tarta y cubrirlo con papel de aluminio. Poner la fuente en

otra más grande en la que se han añadido 3 cm de agua caliente (al baño María) y cocer en el horno unos sesenta minutos, hasta que adquiera una consistencia firme.

- Mezclar el resto de la mantequilla con el azúcar y añadir el vino de hielo. Verterlo sobre el pudin caliente y servirlo con unas cuantas bayas de Saskatoon por encima.

¡No confundir con arándanos!

Las bayas de Saskatoon crecen desde Alaska hasta Estados Unidos, pasando, por descontado, por Canadá. Pequeñas, de un llamativo color púrpura y de sabor dulce, tanto frescas como secas fueron un ingrediente esencial en la dieta de los nativos americanos y de los pioneros. Suponían una fuente de energía vital sobre todo durante el duro invierno y jugaron un papel clave en la alimentación y en el comercio.

Eran tan apreciadas por su dulzura que, según un relato datado hacia el año 1900, «diez pasteles de estas sabrosas gemas valían igual que una piel de alce grande».

Hoy, estas bayas frescas están presentes en mermeladas, pasteles, tartas, bollos, coberturas de helados... y también en bebidas: infusiones, vino, sidra, cerveza, licores... Cuando están secas acompañan a menudo a los cereales, los frutos secos y los aperitivos.

Aunque con frecuencia se comparan y cofunden con los arándanos, el sabor de las bayas de Saskatoon es distinto y recuerda al de las manzanas o las nueces.

Arándanos: fruta emblemática de Canadá

También se cultiva, pero el arándano crece en Canadá de manera silvestre. Entre otras zonas, forma parte de las tradiciones culinarias de Quebec, donde también recibe el nombre de atoca, así como de las provincias atlánticas de Canadá, a las que pertenece la Isla del Príncipe Eduardo, y donde se conoce como *pomme-de-pré*.

Pastel de crema de bayas

Uno de los muchos y deliciosos postres canadienses hechos a base de bayas es el *Berry Cream Pie*, uno de los más típicos del país. Consiste en una tarta de crema de queso con *toppings* de diferentes bayas frescas: frambuesas, moras, arándanos... y, si es época, también fresas.

La receta no tiene misterio. Se prepara una base de galleta (o de bizcocho si se quiere una textura más suave) y, mientras se hornea, se elabora el relleno cremoso hecho a base de queso. Y sólo quedará adornarlo con las pequeñas y nutritivas frutas.

Vino de hielo para endulzar el invierno

Poco conocido en nuestras latitudes, el vino de hielo es un clásico en países fríos como Canadá. Su elaboración precisa de una técnica muy particular.

Se deja sobremadurar la uva en la cepa, que no se cosecha hasta la primera helada, en pleno invierno, unos meses después del tiempo tradicional de la vendimia.

Cuando el grano se hiela, el agua se expande y rompe la cascarilla, con lo que se pierde más agua y se concentra más el azúcar. El resultado es un vino ligero, aromático y muy dulce.

Tarta de vainilla
(¡no de linimento!)

«—¡Ay, por Dios, Ana! Has puesto en el bizcocho linimento calmante. Se me rompió el frasco de linimento la semana pasada y pasé lo que quedaba a un frasco de vainilla vacío. Supongo que en parte es culpa mía... Tenía que habértelo advertido. Pero ¿cómo es posible que no lo hayas olido?»

ANA DE TEJAS VERDES

L a vainilla es una gran aliada de la pastelería: aromatiza helados, cremas, compotas y tartas como la que intenta hacer Ana. Y decimos intenta porque mete la pata al creer que el linimento es vainilla. El error le supone un disgusto monumental y sólo la señora Allan logra tranquilizarla. Aquí tienes la receta real, la que debería haber preparado.

Raciones
- 6-8 porciones

Ingredientes
- 225 g de harina tamizada
- 125 g de mantequilla
- 1 cucharada de levadura en polvo
- Una pizca de sal
- 250 g de azúcar
- 1 taza de leche
- 3 huevos
- 2 cucharaditas de extracto de vainilla

Preparación del pastel
- Precalentar el horno a 180°C. Untar con mantequilla un molde grande, enharinarlo y reservarlo.
- Verter en un bol la harina, la levadura, la sal y el azúcar y mezclar.
- Agregar a la mezcla la mantequilla a temperatura ambiente y la leche. Remover.
- Batir la mezcla con una batidora.
- Cascar los huevos en un bol, añadir el extracto de vainilla, batir e incorporar a la mezcla anterior.
- Distribuir la masa del bizcocho en el molde y hornearlo treinta minutos.
- Cuando esté listo, extraerlo del horno y dejarlo enfriar unos diez minutos.
- Desmoldarlo y dejar que se enfríe del todo antes de preparar la cobertura.

La cobertura

Ingredientes

- 230 g de mantequilla
- Una pizca de sal
- 3 cucharadas de nata
- 3 tazas de azúcar glas
- 1 cucharadita de extracto de vainilla

Preparación

- Batir la mantequilla hasta que quede cremosa.
- Añadir algo de azúcar glas y vigilar que todo quede integrado.
- Añadir la sal, el extracto de vainilla y la nata. Batir durante diez minutos.
- Extender bien la cobertura por la parte superior y los lados de la tarta.

Las tartas, las reinas

Los canadienses son grandes amantes de las tartas: de manzana, de arándanos, de frambuesa, de sirope de arce… sin olvidar la curiosa tarta de algas (*Seaweed Pie*) típica de la Isla del Príncipe Eduardo.

La vainilla: una orquídea muy especial

Perteneciente a la familia de las orquídeas y comercializada en vainas, en polvo y en extracto, ya sea líquido o seco, la vainilla es una planta hemiepífita, lo que significa que crece sobre otras plantas. Sus flores son frágiles y aromáticas y la responsable del perfume es la vainillina, que cristaliza en las vainas en forma de una eflorescencia blanquecina.

Reconocer una vaina de calidad con los sentidos

Vista. Ha de ser brillante, pero, al mismo tiempo, no estar demasiado húmeda, tener un color uniforme y no presentar manchas ni cicatrices.

Olfato. El olor perfumado de la vainilla exhibe diferentes matices en función de la variedad de que se trate.

Tacto. Debe mostrarse flexible. Se puede apreciar la pulpa haciéndola girar entre los dedos y cuando, al anudar la vaina, no se rompe.

Gusto. Si es de buena calidad, unas pocas semillas bastan para liberar una gran potencia aromática e impregnar con su delicado perfume cualquier receta en la que se utilice.

Algas como postre

La curiosa tarta de algas o *Seaweed Pie* es en realidad un tipo de pudin cuajado con los gelificantes naturales de las algas. En concreto, de una alga roja conocida como musgo de Irlanda o *carragheen* (*Chondrus crispus*). Durante mucho tiempo, los habitantes de la Isla del Príncipe la recolectaban, tras las tormentas, rastrillando los bajíos a caballo. Esta alga contiene carragenina, un espesante usado también en helados.

Mantequilla de jarabe de arce

Como la cocina francesa, también gran parte de la cocina canadiense utiliza la mantequilla con generosidad. Para la cobertura de la tarta de Marilla se ha usado mantequilla sin sal porque es más dulce y su sabor delicado casa perfectamente con los pasteles en particular y con los postres en general.

Al menos en lo que respecta a su versión tradicional, su único componente es la savia de arce que se calienta y enfría para producir una textura similar a la de la mantequilla. Que contenga algo de mantequilla, por poco que sea, puede resultar un sacrilegio a ojos de los más puristas.

Sea como sea, se trata de una crema natural que da un toque especial a los postres. Se usa mucho, sobre todo en Canadá, en pasteles, tostadas, panecillos, crepes y tortitas, entre otras recetas.

A pesar de su nombre, la mantequilla de jarabe de arce o, simplemente, mantequilla de arce, no lleva mantequilla.

Tarta de manzana

«—Mire ese manzano, Marilla —dijo Ana—. ¡Si parece humano! Mire cómo tiende los brazos para recogerse las faldas rosas con delicadeza y despertar nuestra admiración.

—Esos manzanos de Duquesa Amarilla siempre se dan muy bien —contestó Marilla con satisfacción—. Este año estarán cargaditos. Me alegro mucho, porque son manzanas buenísimas para hacer tarta.

Pero el destino no iba a permitir que ni Marilla ni Ana ni nadie hicieran tartas de Duquesa Amarilla ese año.»

ANA DE AVONLEA

Raciones
- 6-8 porciones

Ingredientes
- 2 manzanas
- 2 cucharadas de azúcar moreno
- 1 cucharadita de azúcar glas
- 1/2 cucharadita de nuez moscada
- 1 cucharadita de canela en polvo
- 325 g de harina
- 225 g de mantequilla
- 3 huevos
- Una pizca de sal

Gracias a su versatilidad, las manzanas son una de las frutas más consumidas en Canadá. En Tejas Verdes nunca faltan y la misma Marilla las recoge del huerto y las lleva en su cesta hasta la cocina, donde protagonizarán una gran variedad de recetas. Como esta tarta, tan sabrosa como fácil de preparar.

Preparación
- Mezclar la harina, la sal, la mantequilla en dados y dos de los huevos. Es importante mantener este orden a la hora de ir añadiendo los ingredientes.
- Cuando esté todo bien mezclado, amasarlo, hacer dos bolas del mismo tamaño con la masa y dejarlas reposar durante media hora en la nevera.

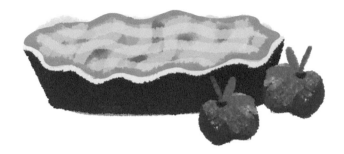

- Cortar las manzanas en rodajas de un grosor medio y reservarlas.
- Mezclar en un cuenco pequeño el azúcar moreno, el azúcar glas y las especias. Añadir la manzana y mezclar suavemente hasta cubrirla bien.
- Trabajar los dos trozos de masa con un rodillo y extender una de ellas sobre un molde redondo previamente untado con mantequilla. La otra mitad de la masa servirá para cubrir la tarta.
- Rellenar la tarta con la mezcla de manzana y cubrirla con la masa. Pinchar la masa con un tenedor para que queden varias aberturas.
- Usar un pincel de cocina para pintar la masa con el otro huevo, previamente batido.
- Introducir la tarta en el horno a 180° C de treinta a cuarenta minutos.
- Antes de servirse, puede adornarse con unos cuantos frutos rojos (arándanos, fresas, frambuesas...), que llenan los bosques que rodean Tejas Verdes. Y, para darle un toque distinto, puede añadirse un poco de canela en polvo.

La sidra de hielo

Esta bebida se obtiene a partir de la fermentación de mostos de manzana concentrados mediante congelación. Empezó a elaborarse en la década de los noventa en Quebec. Allí los inviernos son fríos y largos y, cuando las manzanas están maduras, hay muchas probabilidades de que haya temperaturas bajo cero, así que, si las frutas se recogen congeladas y se prensan, se consigue un mosto concentrado.

Una inspiración para la firma Apple

Entre las muchas variedades de manzanas canadienses, llama la atención la McIntosh Red, más conocida popularmente como Mac. Seguro que habrás notado el sospechoso parecido de su nombre con el del ordenador insignia de la marca Apple (manzana en inglés).

Desde que el cultivo de manzanos se introdujo en Canadá, a principios del siglo XVII, se extendió rápidamente dando origen a numerosas variedades.

Una de esas variedades de manzana la descubrió un granjero llamado John McIntosh, que le puso su apellido.

La McIntosh no sólo se hizo famosa sino que se considera la manzana oficial del país. Y lo es aún más desde que inspiró el nombre del producto estrella de Apple, que le añadió una letra más deliberadamente: Macintosh.

Cuatro curiosidades sobre la manzana

Nada de fruto prohibido

Según el Génesis, Eva, aconsejada por la serpiente, ofreció a Adán una manzana, el fruto prohibido por Dios, lo que desembocaría en el pecado original. Pero aunque así se creyó y se continúa creyendo, se trata de un error. Todo empezó cuando en el siglo IV Jerónimo de Estridón se encargó de traducir los textos bíblicos del hebreo al latín y confundió el vocablo *malus* (mal) con *mâlus* (manzano).

Nada "grave" para Newton

El conocido suceso que en el siglo XVII habría dado a Isaac Newton la clave para la teoría de la gravedad, la fortuita caída de una manzana sobre su cabeza, es más que probablemente falso. De hecho, él nunca lo mencionó.

Guillermo Tell, más mito que realidad

El relato del campesino obligado a disparar una flecha a una manzana sobre la cabeza de su hijo y convertido en el mito de la independencia del pueblo suizo a finales del siglo XIII es más que dudosa. Ya lo diría Voltaire cinco centurias más tarde: "La historia de la manzana es muy sospechosa, y lo que la acompaña no lo es menos".

El alias de Nueva York

Varias teorías intentan explicar el apodo de "la Gran Manzana". La más aceptada la sitúa en la década de 1920, cuando el reportero John J. Fitzgerald, que cubría las carreras de caballos, oyó a unos mozos de cuadra hablar de "la Gran Manzana" para referirse al hipódromo neoyorquino. Le gustó tanto que lo utilizó en sus crónicas.

Tartaletas de frambuesa

«Las niñas del colegio de Avonlea siempre compartían la comida, y a la niña que se comiera ella sola las tres tartaletas de frambuesa, incluso que las compartiera únicamente con su mejor amiga, se la consideraba para siempre una 'tacaña'. En cambio, cuando las tartaletas se dividían entre diez, cada niña recibía lo justo para probarla.»

ANA DE TEJAS VERDES

Raciones
- 10-12 tartaletas

Ingredientes
Para la masa
- 75 g de mantequilla fría
- 150 g de harina
- 50 g de azúcar glas
- La yema de un huevo
- Una pizca de sal
- Una cucharada de zumo de limón

Para el relleno
- 150 g de azúcar
- 250 g de frambuesas
- 60 ml de agua
- 3 cucharadas de maicena

En Tejas Verdes, las frambuesas son habituales, tanto que Ana y su amiga Diana hacen collares con ellas. Estas bayas son de lo más versátiles y hay mil y una maneras de sacarles partido en la cocina. Se usan en platos salados y para acompañar carnes y aves, pero es en los postres donde dan lo mejor de sí mismas. Estas tartaletas son un excelente ejemplo.

Para la masa
- Mezclar en un bol la harina, la sal y el azúcar glas. Añadir la mantequilla en dados y mezclar más.
- Añadir la yema y el zumo de limón. Mezclar todo bien.
- Esparcir la mezcla de la yema sobre la mezcla de la harina. Remover bien hasta formar una bola de masa compacta.
- Partir la masa en trocitos de tamaño parecido, aplastarlos bien hasta formar una capa de 3 cm de grosor. Chafar contra el fondo y los lados de cada uno de los moldes para tartaletas. Guardar los moldes en la nevera mientras se prepara el relleno.

Para el relleno

- Mezclar en un cazo la maicena y el agua hasta que esté totalmente disuelta y sin grumos. Ir añadiendo azúcar sin dejar de remover. Agregar las frambuesas y dejarlo a fuego lento unos quince minutos, hasta que espese. Dejar enfriar.

Para ensamblar las tartaletas

- Distribuir el relleno de frambuesas en cada tartaleta.
- Cocer las tartaletas en el horno a unos 200º C unos diez minutos. Bajar la temperatura a 180º C y dejarlo quince minutos más.
- Sacar las tartaletas, dejarlas enfriar y desmoldarlas.

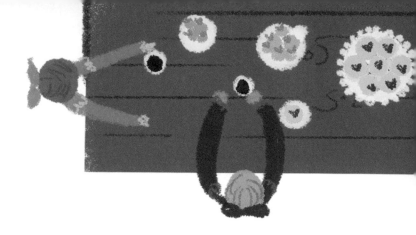

Petits fours:
bocados apetecibles

Las tartaletas son pastelillos individuales que se sirven como postre y que pertenecen a los llamados *petits fours*. ¿Te has fijado en que precisamente éste es el nombre de la colección a la que pertenece el libro que tienes en tus manos?

Aunque el término *petit four* incluye preparaciones de pastelería y confitería muy diferentes, todos ellos tienen en común su tamaño reducido, precisamente el de una *bouchée* (bocado).

Con las manos en la masa... quebrada

Pueden ser dulces, como en esta receta, pero también salados, por ejemplo, un pequeño trozo de pizza o una quiche en miniatura.

Tal como su nombre indica, las masas quebradas, que resultan ideales para albergar rellenos como estas tartaletas de frambuesa que te presentamos, son frágiles y quebradizas, de textura crujiente pero suave.

Esta textura tan especial se consigue en la mayoría de casos gracias a la mantequilla, que además proporciona un sabor exquisito e inequívoco.

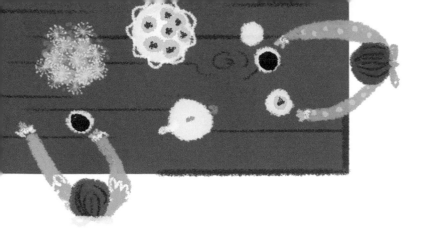

Existen dos técnicas principales básicas para preparar masas quebradas:

- *Crémage*. En este caso, la mantequilla debe estar blanda y se bate hasta darle una consistencia de pomada.
- *Sablage*. Se usa fría (de la nevera) y se mezcla directamente, troceada, hasta obtener una textura de migas. De este modo se preparan las tartaletas de frambuesa de la página anterior.

Jam Jam Cookies: dos galletas en una

¿Por qué comer una sola galleta cuando puedes comer dos a la vez?

Eso debió de plantearse la persona a la que se le ocurrió unir dos galletas con mermelada en medio, creando así la icónica galleta canadiense *Jam Jam* o, lo que es lo mismo, mermelada mermelada.

Estas galletas sándwich no faltan en pastelerías, en celebraciones familiares ni en los pícnics.

Pese a todo, es posible que haya gente de la Costa Oeste de Canadá que no ha oído hablar de ellas, pues son típicas del este del país.

Muchos canadienses cuentan con su propia receta de la abuela y hay un montón de variedades. Entre las *Jam Jam Cookies* más populares, se encuentran las de mermelada de frambuesa.

Bombones de tofe

«Me comí un bombón de tofe una vez, hace dos años, y estaba delicioso. Desde entonces he soñado muchas veces que tenía montones de bombones de tofe, pero siempre me despierto justo cuando voy a comérmelos. Espero que no se ofendan ustedes porque no puedo comer. Está todo riquísimo, pero aun así no puedo comer.»

ANA DE TEJAS VERDES

Raciones
- 10-12 bombones

Ingredientes
- 250 g de mantequilla sin sal
- 90 g de chocolate
- 370 g de leche condensada con azúcar
- 500 g de azúcar moreno
- 80 g de sirope de arce

No hay duda de que a los habitantes de Avonlea les gustan los dulces, como al resto de canadienses. Si pruebas estos bombones de tofe, entenderás las razones de que estén entre los preferidos de Ana. Son dulces, cremosos y deliciosos.

Preparación
- Untar un molde de tamaño mediano con mantequilla.
- Juntar en un cazo grande la mantequilla, el chocolate, la leche condensada azucarada, el azúcar moreno y el sirope de arce. Mezclar bien todos los ingredientes.
- Poner el cazo a fuego medio hasta que arranque a hervir y mantenerlo en el fuego hasta que el chocolate se haya fundido totalmente.
- Bajar el fuego a continuación y seguir cociendo el contenido unos treinta minutos más. Es importante no dejar de remover en ningún momento para evitar que el caramelo se queme.
- Una vez que el caramelo esté bien espeso, verterlo en el molde para horno y colocarlo

sobre una rejilla hasta que se enfríe. Debe estar frío del todo.
- Cortar el caramelo en pequeños cuadraditos y ya están los bombones de tofe listos para degustar.

Aunque el tofe tradicional se prepara con los ingredientes mencionados, existen numerosas variantes regionales y personales. Algunas recetas agregan nueces, chocolate, vainilla u otros sabores para darle un toque especial. Incluso existen numerosas recetas que incorporan también fruta deshidratada: tofe con nueces y pasas, tofe de manzana y nueces, tofe de coco y almendras, de arándanos secos y pistachos e incluso de higos con nueces.

Una dulce tentación

De origen milenario y probablemente procedente de la antigua Persia (actual Irán), el tofe es hoy un dulce muy popular en todo el mundo. Se distingue por su textura suave, cremosa y pegajosa. Su consistencia ligeramente elástica se debe a la cocción lenta de los ingredientes. Se puede comer solo, como si fuera un caramelo, o usarse como relleno o cobertura en tartas, helados, crepes... También resulta ideal para acompañar un café o un chocolate caliente.

Las cinco recetas más dulces de Canadá

Te presentamos algunos de los postres canadienses más típicos. Si te va el dulce, no sabrás por cuál empezar.

Tartaletas de mantequilla

Son tartas pequeñas con un sabroso relleno hecho a base de jarabe de arce o de mermelada de frutos secos, entre otras opciones. Si se preparan bien, ofrecen tres texturas diferentes: un exterior crujiente, una parte superior blanda y un interior casi líquido.

Las *Butter Tarts* se popularizaron en Ontario a principios del siglo XX y no tardaron en hacerse conocidas en todo el país al ser incluidas en el *Five Roses Cook Book*, un manual de 1913 que podríamos considerar la "biblia "de las recetas canadienses.

Colas de castor

¡Que no cunda el pánico! No se trata, literalmente, de colas de castor que se comen. Se trata del nombre que se ha dado a uno de los grandes postres canadienses, por ser este animal uno de los símbolos del país. Consiste en una masa alargada (con forma de cola de castor, claro) que se fríe ligeramente y se unta con algún ingrediente especial. Aunque el más habitual es la canela en polvo, puede llevar vainilla, fresas o limón, entre otros muchos.

Barras de Nanaimo

Sobre estas barritas de chocolate se colocan trozos de nueces y galleta picada, algo de coco y, como remate, una crema espesa, que puede ser de distintos sabores, con un *topping* de chocolate.

Este dulce lo inventó, a inicios de la década de 1950, Mabel Jenkin, una mujer de Nanaimo, en la Columbia Británica, y pronto se popularizó, tanto en los hogares como en las cafeterías. En la actualidad, también las hay de diferentes sabores: vainilla, mantequilla de cacahuete, menta, moca...

Pastel de azúcar

Una de las herencias culinarias francesas es la *Tarte au sucre*. Existe desde tiempos de los colonos, cuando el azúcar moreno era difícil de encontrar y el edulcorante preferido era el jarabe de arce. Éste se unió a una masa hecha a base de nata, huevos, harina de mantequilla y queso dentro del pastel de crema de azúcar. La popular *Tarte au sucre* se come durante todo el año y está presente en todas las fiestas.

Caramelo de arce... ¡sobre la nieve!

Realmente hay pocas cosas más canadienses que la *tire d'érable* (caramelo de arce). No hace falta tener ninguna noción de cocina. Basta con verter el jarabe de arce hirviendo directamente sobre la nieve y el frío hace que se endurezca a instante. Se enrolla con un palito de helado y ¡a disfrutar!

Té con galletas de mantequilla

«Cuando bajaron, la señorita Lavendar llevaba la tetera en la mano, y detrás de ella, contentísima, iba Charlotta Cuarta, con una fuente de galletas recién hechas.»

ANA DE TEJAS VERDES

Podría decirse que el té es uno de los protagonistas en las historias de Ana. Aparece en numerosas ocasiones y no es casualidad que dos capítulos de Ana de Tejas Verdes incluyan la palabra té en su título: *Ana invita a Diana a tomar el té con trágicas consecuencias* e *Invitan a Ana a tomar el té*. Y, como ya sabes, nada como acompañarlo con unas galletas.

Preparación del té

- Hervir el agua. Para el té negro, el agua ha de estar bien caliente, hay que dejarla hervir.
- Verter el agua sobre las hebras para que el movimiento de las hojas ayude a la infusión.
- Dejar reposar unos tres minutos.
- Retirar las hojas de la tetera o verter el té en un colador y servir.

Preparación de las galletas

- Batir en un bol la mantequilla, a temperatura ambiente. Añadir el azúcar poco a poco hasta que quede todo bien integrado.
- Agregar la esencia de vainilla.
- Pasar la harina por un colador o tamizador y añadirla al bol. Mezclar.
- Volcar la masa en una superficie plana y enharinada. Enharinar también el rodillo y estirar la masa hasta que tenga un grosor de 5 mm.
- Dejar enfriar en la nevera hasta que se endurezca un poco.
- Cortar la masa con algún cortapastas de la forma que quieras. Con la masa sobrante, volver a estirar y continuar cortando hasta que se termine.
- Levantar las galletas con una espátula y colocarlas en una fuente de horno algo separadas entre sí. Pinchar cada una de ellas y espolvorear con azúcar.
- Hornearlas quince minutos a 180° C. Servirlas tibias.

Raciones
- 20-25 porciones

Ingredientes
- 200 g mantequilla blanda a temperatura ambiente
- 120 g azúcar
- 280 g de harina de trigo
- 1 cucharadita de esencia de vainilla

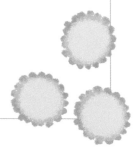

De Inglaterra a Canadá

Fueron los europeos quienes llevaron el té a América del Norte y, a medida que el número de consumidores crecía, empezó a comercializarse.

Según se cuenta, el primer cargamento de té que llegó en barco a Canadá, en 1716, fue importado por la Compañía de Hudson, la más antigua de Canadá, a la que Carlos II de Inglaterra otorgó el monopolio del comercio sobre la región bañada por los ríos y arroyos que desembocaban en dicha bahía.

Hoy, muchos canadienses se han acostumbrado al té y el negro sigue siendo el preferido.

Tea time en Tejas Verdes

Ana lo prepara en varias ocasiones y hasta el señor Harrison alardea ante ella de «preparar un té tan bueno como el mejor que hayas probado».

Junto con el café, el té es la bebida de mayor consumo del mundo, toda una institución. La hora del té es sagrada en Gran Bretaña, pero parece ser que también lo es en Canadá y en la Isla del Príncipe Eduardo, al menos para sus adeptos.

Tomar una taza es a menudo una ocasión especial y no puede hacerse de cualquier manera. Por eso Diana responde a la invitación de Ana llevando "su segundo mejor vestido y de punta en blanco, tal como corresponde cuando la invitan a una a *tomar el té*."

> «Entre unas cosas y otras, Ana se acostó esa noche con un ánimo muy pesimista. Durmió mal y a la mañana siguiente tenía una cara tan pálida y trágica que Marilla se asustó y se empeñó en darle un té de jengibre ardiendo. Ana se lo bebió a sorbitos, con paciencia, aunque incapaz de imaginarse qué bien podía hacerle el té de jengibre. De haber sido un brebaje mágico, con el poder de conferir edad y experiencia, se habría tragado un litro sin rechistar.»
>
> Ana de Tejas Verdes

El té de jengibre y sus beneficios para la salud

Aunque no se trata de un brebaje mágico, la raíz de jengibre, con un inconfundible sabor picante, es de lo más saludable. Se trata de un buen remedio medicinal. Además de estimular las defensas y la circulación y de subir la tensión, tiene estas propiedades:

- analgésicas
- antihistamínicas
- antiinflamatorias
- antitusivas
- antioxidantes
- antipiréticas
- antieméticas
- antiespasmódicas

Para preparar un té de jengibre como el que Marilla da a Ana, basta con pelar la raíz de jengibre y partirla en rodajas finas, añadirlas a la tetera cuando el agua hierva, taparla y dejarla a fuego lento de diez a quince minutos. Luego colarlo para retirar las rodajas de jengibre y, por último, añadir miel y limón al gusto.

Refresco de frambuesa

«—Diana, sírvete, por favor —ofreció con cortesía—. Creo que yo ahora no voy a tomar. No sé si me apetece después de tantas manzanas.

Diana se llenó el vaso, miró con admiración el color rojo brillante y lo probó con delicadeza.

—Este refresco de frambuesa está buenísimo, Ana. No sabía que el refresco de frambuesa estuviera tan bueno.»

ANA DE TEJAS VERDES

Raciones
- 4-6 personas

Ingredientes
- 2 paquetes de frambuesas congeladas (sin azúcar)
- 250 g de azúcar
- 3 limones
- 1 l de agua

Éste es el refresco de frambuesa que Ana sirve o, mejor dicho, pretende servir a Diana. Y es que, sin pretenderlo, mete la pata, confunde el envase y ofrece a su amiga vino de pasas. Puedes imaginar cómo acaba la cosa. Te damos la receta, ¡sin alcohol!, que debería haber tomado la pobre Diana.

Preparación
- Poner las frambuesas en un cazo grande y añadir el azúcar.
- Cocer a fuego medio, removiendo de vez en cuando unos quince minutos o hasta que el azúcar se haya disuelto por completo.
- Deshacer bien las frambuesas usando una cuchara o un batidor.
- Colar la mezcla para extraer el jugo y retirar la pulpa restante.
- Exprimir dos de los limones y añadir el zumo al jugo de frambuesas.
- Hervir el agua y agregarla también al jugo de frambuesas.
- Dejar enfriar y añadir rodajas de limón. Meter en la nevera para servirla bien fría.

Una borrachera inesperada

¿Cómo puede ser que Diana se sienta tan mareada tras haber bebido tres vasos grandes del inofensivo refresco de frambuesa? Es más, ¿por qué está tan borracha que camina haciendo eses? Sencillo.

En un descuido, Ana le ha dado en su lugar vino de pasas y su amiga lo ha encontrado tan delicioso que se ha tomado tres vasos grandes sin pensárselo.

La frambuesa es uno de los frutos del bosque más utilizados para elaborar jugos y licores. Están riquísimas simplemente mezcladas con agua fría y no es casualidad que el 90% de la producción actual se destine a elaborar zumos y bebidas. Existe incluso la Coca-Cola de frambuesa, aunque no puede compararse con la receta sana y natural del refresco que te proponemos. Su jugo también aromatiza helados y sorbetes.

Las frambuesas son para el verano

El fruto del frambueso rojo (*Rubus idaeus*) es un alimento básico del verano en todo Canadá. En la actualidad, las frambuesas se ven fácilmente tanto en la naturaleza como en los jardines y patios traseros de numerosas casas. Y entre las cultivadas, la gran mayoría se producen en la región de Fraser Valley, en la Columbia Británica.

¡Frambuesas a todo color!

Si crees que todas las frambuesas son del mismo color, te equivocas.

Eso sí, seguramente las que encuentres más dulces sean las rojas. Y si hacemos caso de la mitología griega, su color se debe a la sangre

de la ninfa Ida, que se pinchó un dedo recogiendo bayas para Júpiter.

¡Cuidado, no son moras!

Con el nombre científico de *Rubus occidentalis*, las frambuesas negras son originarias de Norteamérica, donde también se las conoce como "gorras negras". Así que es muy posible que Ana y sus compañeros de aventuras las conozcan. Y seguro que, pese a su tonalidad y su parecido, ninguno de ellos las confunda con las moras. Y es que tienen un sabor único y distinto, tanto al de las moras como al de las frambuesas rojas.

Aunque solemos identificarlas con el rojo, también las hay amarillas, azules, anaranjadas, blancas y hasta negras.

Si compras frambuesas, ¡ten cuidado!

Debido a sus minúsculos granos repletos de jugo, son muy delicadas, así que debes manipularlas con sumo cuidado. El calor o el simple contacto entre ellas pueden empeorar tanto su aspecto como la calidad de su sabor. Así que sigue estos consejos:

En la tienda. Fíjate en que las frambuesas no tengan moho, sean de color brillante y no estén blandas. Están en su punto cuando exhiben un color rojo oscuro.

En casa. Guárdalas en la nevera y consúmelas lo antes posible. Si no están sucias, no las laves, pues absorben el agua, se reblandecerán y perderán sabor. Si lo haces, con poca agua y mucho cuidado.

Guárdalas en el frigorífico sin tapar y en un envase llano, en una sola capa. Consúmelas lo antes posible.

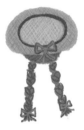

*Un petit four es un delicado, pequeño
e irresistible bocado que suele servirse
en ocasiones especiales.*